AF452819

28 Mai 1892. V

Vente du Samedi 28 Mai 1892

A DEUX HEURES

HOTEL DROUOT — SALLE N° 3

TABLEAUX ANCIENS

ET MODERNES

Suite de 16 Dessins de GOYA

ŒUVRES D'ALEXANDRE CABANEL

TABLEAU DE MONTICELLI

PASTELS DE L'ÉCOLE FRANÇAISE

LITHOGRAPHIES DE RAFFET

EXPOSITION PUBLIQUE

Le Vendredi 27 Mai 1892, de 1 heure 1/2 à 5 heures 1/2

COMMISSAIRE-PRISEUR	EXPERT
Mᵉ Maurice DELESTRE	**M. B. LASQUIN**
Rue Drouot, n° 27	Rue Laffitte, n° 12

PARIS — 1892

IMPRIMERIE MAULDE ET RENOU

———

A. MAULDE & Cie

IMPRIMEURS DE LA COMPAGNIE DES COMMISSAIRES-PRISEURS

Rue de Rivoli, 144. — Paris

CATALOGUE

DE

TABLEAUX ANCIENS

ET MODERNES

Suite de 16 Dessins de GOYA

ŒUVRES D'ALEXANDRE CABANEL

TABLEAU DE MONTICELLI

PASTELS DE L'ÉCOLE FRANÇAISE

LITHOGRAPHIES DE RAFFET

DONT LA VENTE AURA LIEU

HOTEL DROUOT, SALLE N° 3

Le Samedi 28 Mai 1892

A DEUX HEURES

COMMISSAIRE-PRISEUR	EXPERT
Mᵉ Maurice DELESTRE	**M. B. LASQUIN**
Rue Drouot, 27	*Rue Laffitte, 12*

EXPOSITION PUBLIQUE

Le Vendredi 27 Mai 1892, de 1 heure 1/2 à 5 heures 1/2

PARIS — 1892

CONDITIONS DE LA VENTE

—

Elle se fera au comptant.

Les Acquéreurs paieront CINQ POUR CENT en sus des enchères.

A. MAULDE et Cⁱᵉ, imprimeurs de la Compagnie des Commissaires-Priseurs,
rue de Rivoli, 144.   400—24429

DESSINS

FRANCESCO GOYA Y LUCIENTES

———

Très intéressante suite de seize dessins de FRANCESCO GOYA, exécutés à la plume et à la sépia, représentant des scènes humouristiques pour les caprices et proverbes, compositions dans lesquelles le maitre laisse déborder toute sa verve fantastique.

1 — Feuilles de croquis à la plume offrant au recto et au verso de nombreuses études de figures que nous retrouvons dans les compositions ci-après, ainsi que le portrait et la signature de l'artiste.

2 — Ruego por ella.

3 — Pobrecitas.

4 — Le descanona.

5 — Loque puede un Postre.

6 — Que se la revaron.

7 — A Caza de dientes.

8 — Estan Calientès.

9 — Si Amanece, Nos Vamos.

10 — Devota profesion.

11 — Se repulen.

12 — Nohubo remedio.

13 — I aun no se van!

14 — Asta su Abuelo.

15 — La Filiacion.

16 — Buene Viage

ŒUVRES

D'ALEXANDRE CABANEL

17 — Arabes sous la tente.

    Esquisse peinte, signée à gauche.

18 — Étude pour le portrait de Mlle D.

    Dessin au crayon noir.

19 — Étude pour le portrait de M. M.

    Dessin au crayon noir.

20 — Étude pour le portrait de Mme la duchesse de L.

    Dessin à la sanguine.

21 — Étude pour le portrait de M. Rouher.

    Dessin au crayon noir.

22 — Étude de Malatesta pour Françoise de Rimini.

    Dessin au crayon noir.

23 — Étude de deux Causeurs, pour la Vie de Saint Louis.

    Dessin au crayon noir sur papier végétal.

TABLEAUX

ANCIENS ET MODERNES

ANASTASI

24 – Paysage boisé.

BENT (J. Van den)

25 — Figures et Animaux.

BERCKHEYDEN

26 — Vue de Harlem.

BERGHEM (Genre de)

27 — Paysage avec figures.

BERGHEM (D'après)

28 — Le Passage du gué.

BERGHEM (D'après)

29 — Le Passage du gué.

BISTAGNE

30 — Port de Mer.

BOUCHER (Attribué à)

31 — L'Amour endormi.
Bonne peinture de forme ovale.

BROWN (John Lewis) (1873)

32 — L'Escorte du Général.

COOSEMANS (J.)

33 — Paysage, lever de soleil.

CUYP (Attribué à)

34 — Chasseur assis sur les dunes.

CHEREST (J.)

35 — Paysage.
Gouache.

DECAMPS

36 — Italienne.
Fusain.

DIAZ

37 — Aquarelle.

FROMENTIN

38 — Étude, paysage oriental, au revers cachet de la
vente après le décès de l'artiste.

GAUGUIN (Paul)

39 — Le Pont d'Iéna à Paris.

GEMPT (B.)

40 — Le Chenil.

GUIDO RENI (D'après)

41 — Le Sommeil de l'Enfant Jésus.

GUILLEMIN (1874)

42 — Le Messager.

Scène espagnole.

GUILLEMINET

43 — Moutons et Volatiles.

HALS (Genre de F.)

44 — Fumeur.

HARLAMOFF

45 — Jeune Italienne.

HOBBÉMA (Attribué à)

46 — Le Moulin à eau.
>Grand paysage.

ISABEY (Eug.)

47 — Tête de jeune Fille.
>Une filleule du peintre.

ISABEY (Eug.)

48 — Quatorze Croquis provenant de la vente de l'artiste.

KOEKKOEK

49 — Marine.

KOEKKOEK

50 — Paysage et figures.

LASSALLE (Louis)

51 — La Fileuse.

LEVY (Émile)

52 — Idyle.

MANFREDI

53 — Hérodiade.

MINDERHOUT

54 — Port à Mer.

MONTICELLI

55 — Deux jeunes Femmes accompagnées d'un chien
en promenade sous bois.

Tableau de la meilleure époque de l'artiste.

NETTER (B.)

56 — Le Canal Saint-Martin à la Villette.

PÉCRUS

57 — L'Artiste à son chevalet.

PLAS (L.)

58 — Bergerie.

PORTILLE (1848)

59 — Nature morte.

POUSSIN (Attribué à N.)

60 — L'Adoration des Bergers.

GUASPRE POUSSIN

61 — La Sainte Famille.

PROOYEN (Van)

62 — Vaches dans une rivière.

PROOYEN (Van)

63 — Troupeau de Vaches.

RAVENZWAAD (A. Van)

64 — Fleurs.

REMBRANDT (Genre de)

65 — Vieillard coiffé d'un turban.

RIBEIRA (Attribué à)

66 — Vieillard.

ROQUEPLAN

67 — Paysage, Soleil couchant, Berger et deux Vaches
au bord d'une rivière.

ROSALBA-CARRIERA (Attribué à)

68 — Jeune Femme tenant une couronne.

Jeune Femme représentée sous la figure allégo-
rique d'une source.

Deux jolis pastels dans des cadres anciens en bois
sculpté.

RUDDER (J. DE)

69 — Le petit Oiseleur.

RUDDER (J. DE)

70 — Don Quichotte.

SCHOWARTS

71 — Paysage et Figures.

UITENWAAL

72 — Composition mythologique.

VELDE (ESAÏAS VAN DE)

73 — Combat de Cavaliers.

VELDE (Attribué à VAN DE)

74 — Vaches et Moutons dans un pré.

VERHOEVEN (1862)

75 — Ustensiles de cuisine.

VERSCHUUR

76 — Moutons à l'étable.

WOUWERMAN (D'après)

77 — Le Bivouac.

ZAMACOIS (Attribué à)

78 — Le Vase brisé.

ÉCOLE FRANÇAISE (XVIIIe SIÈCLE)

79 — Portrait d'Homme.

ÉCOLE FRANÇAISE

80 — Paysage avec Figures.

ÉCOLE FLAMANDE

81 — Paysage avec figures.

82 — Le Tueur de Porc.

ÉCOLE ITALIENNE

83 — Vierge et Jésus.

84 — Tête de Sainte Femme.

85 — La Vierge.

ÉCOLE MODERNE

86 — Deux Natures mortes.

87 — Paysage, genre COROT.

88 — Nymphe et Amour.

89 — Pêcheurs.

90 — Chevaux.

LITHOGRAPHIES DE RAFFET

91 — Suite de trente-sept lithographies de Raffet :

Voyage dans la Russie méridionale.

Infanterie turque (Chasseurs).

Jeune Femme Karaïme.

Femmes tatares au Baïdar.

Barbier Tsigane.

Maisons de Paysans tatars.

Berger du Bannat.

La Jok, danse valaque.

Le prince A. Demidoff.

Juguda Kazaz Misiz.

Sculpteur de Tombeaux.

Forgeron Tsigane.

Escorte de Cosaques de la ligne du Kouban.

Famille Tsigane en voyage.

Arméniens et Tatars dans un café.

Un Café, à Smyrne.

Vue de Tchioufout-Galeh (Crimée).

Tatars sortant de la Mosquée.

Foire Saint-Pierre à Giourgevo (Valachie).

Famille tatare en voyage, près Yalta (Crimée).

Revue de Cavalerie passée par LL. MM. l'Empereur et l'Impératrice de Russie au camp de Vosnessensk.

Passage du Bouzeo (Valachie).

Sa Majesté Nicolas Ier, camp de Vosnessensk.

Halte d'un Convoi militaire russe, près Yalta (Crimée).

Poste aux Chevaux (Moldavie).

Bain tatar. Salle de Repos Baghtcheh Saraï (Crimée).

Ronde valaque, exécutée par des Tsiganes et dansée par les musiciens du 2e régiment, chez le prince Ghika, Ghospodar de Valachie (Bucharest).

Retour de la fontaine Derekoui, près Yalta (Crimée).

Infanterie hongroise (Presbourg).

Sous-Officier et Soldats du régiment de Volhynie (garde impériale) camp de Vosnessensk.

Arrivée à Kicheneff (Bessarabie).

Infanterie valaque défilant au pas de course, Bucharest (Valachie).

Bazar de la vieille Poissonnerie (Smyrne).

Assemblée générale des Boyards (Bucharest).

Vue du Village tatar d'Alouchta (Crimée).

Mosquée du Palais des Khans à Baghtcheh-Saraï (Crimée).